겨울 편지

Poems
by Huu Thinh

Winter Letter

겨울 편지

Huu Thinh
휴틴 시 — 김정환 옮김

문학동네

국립중앙도서관 출판시도서목록(CIP)

겨울 편지 / 휴틴 지음 ; 김정환 옮김. — 서울 : 문
학동네, 2003
  p. ;   cm

원서명: Winter Letter
원저자명: Huu Thinh

ISBN 89-8281-713-1 02890 : ₩6500

839.82-KDC4
895.922134-DDC21   CIP2003000896

한국 독자 여러분들께

제 시집 『겨울 편지』가 문학동네를 통해 김정환 시인의 번역으로 한국에서 출간되어 너무나 기쁩니다.

『겨울 편지』는 세기말이었던 지난 1980년대에 주로 쓴 시들을 엮은 것입니다. 이 시들은 주로 인간의 운명에 대한 근심을 담고 있는 시들이라고 할 수 있습니다. 인간과 그들의 운명에 대한 그칠 수 없는 근심은 제 시의 주요한 영감입니다.

제 시집이 곧 출간된다는 희소식을 들으니 2002년 10월에 처음으로 여러분의 놀라운 나라를 방문하여 한국이라는 나라와 그 국민에게서 받았던 경이로운 인상들이 떠오릅니다. 길지 않은 시간이었지만 무구하고 장려한 한국 문화의 아름다움과 그 심원한 철학을 조금이라도 더 많이 흡수하기 위해 몹시 애썼던 기억이 새롭습니다. 한 걸음 한 걸음 조심스럽게 발걸음을 떼어놓았지요. 한국과 한국 국민들이 베트남 국민들과 맺고 있는 신실한 우정을 발견한 것도 정말 놀라운 경험이었습니다.

이 잊을 수 없는 나날 동안 저는 거대한 문학적 분수령을 목도하고 있다는 것을 깨닫게 되었습니다. 한국의 시들은 심오하고 독립적입니다. 그것은 동양 문화의 전형을 이끌어내는 아름다운 조화입니다.

제 시가 독자 여러분의 손에 전해져서 어떤 운명을 겪게 될지는 짐작하기 쉽지 않습니다. 솔직히 말씀드리면 참으로 걱정이 됩니다. 하지만 걱정은 접어두고 판단은 독자들께 맡기겠습니다. 일단 책이 태어나고, 그것이 제 언어로 말하기 시작하면 그것은 더이상 시인의 것이 아니기 때문입니다. 제 시들은 제 영혼이 깃들인 내면의 집과 같습니다. 다행히도 여러분이 한번쯤 이 집을 방문하게 되신다면, 그 안에서 편안히 거닐면서, 소박하고 친근한 세간에 따뜻한 온기를 불어넣어주시길 바랍니다. 그 모든 것이 저의 커다란 행복입니다.

문학동네 강태형 사장님과 번역을 맡아주신 김정환 시인, 그리고 길가의 작은 나무 그늘이 되길 평생 소망해온 시인의 책을 보살펴주시고 앞으로도 돌보아주실 모든 분들에게 거듭 감사의 말씀을 드립니다.

　　사랑과 많은 경이로 가득한 세상에서 여러분이 행복과 평화를 누리시길 기원합니다.

2003년 7월 23일 하노이에서

시인 휴틴

차례

인사

종종 땀에 흠씬 젖은 꼴이지,
초췌한 삶을 상상해봐,
툭하면 뒤로 처지고, 잊혀지고,
하지만 그게 나야, 그걸 상상해봐.

나는 장미 가시가 겁나
그건 무심한 눈에는 안 보이지—
연회가 끝나면, 사람들은 포도주를 기억하겠지,
하지만 난, 나는 형언하기 힘든 포도주잔일 뿐야.

하늘은 내려와 땅에 위안을 주지,
하지만 나는 자그만, 외로운 연일 뿐야.
행복이 있는 곳에서는, 빗장 걸린 문 밖에 서 있는 나.
떨어져 있는 곳에서는, 고통받는 후렴인 나.

아이들은 내가 풍선이 되어

느닷없는 행복으로 이리저리 떠다니기를 바라지—
하나씩 그들은 자라난다,
하지만 난, 나는 허망한 짚대에 불과하다.

(1987년)

여러 겹 영감

종이가 누렇게 빛바래고 비로소 한마디를 쓴다,
강물이 불고 비로소 한마디를 쓴다,
결혼 행렬이 지나며 누군가 운다.

시장이 북적대고 한마디를 쓴다,
목관악기 소리 지루해지고 한마디를 쓴다,
누군가 애도한다 고상한 생활의 계절이 다한 것을.

시 한 줄이 공중에 걸려 있다,
거미줄이 이슬 방울 사로잡는다.

(1988년)

짱후옹 다리를 건너며

구름들이 계속 마피렝을 오르고
엔호케 강은 그 뒤로 흐른다.
짱후옹 다리로 걸음을 내딛으면,
햇빛은 투옹풍과 손비 위로 쏟아진다.

처음 엔호케 강을 보았을 때,
강물은 산 바위 사이로 밀치듯 빠져나가고,
물살이 사라지는 곳이 카오방 풍경이었다,
그리고 내 동지들은 산맥에서 목이 말랐다.

그들은 차례대로 물을 날랐다, 등에 진 가스통들은
머리보다 높았고, 가슴에도 열십자 멜빵으로 반합
수통을 멨다—
그들 어깨로 실어나른 물의 양이면
논밭에 대고도 남았으리라.

그들은 간절한 눈으로 강 속을 들여다보았다,
어릴 때는 태양이 가혹할 수도 있지—
바람이 종종 구름을 부르지만
구름은 곧 흩어졌다,
그리고 뜨거운 바위가 그들을 다시 구워댔다.

열지어 선 수건들,
햇볕에 그을린 얇은 쌀종이처럼 깡마른.
스무 살 열여덟 살짜리의 맨팔뚝들
그 세월 내내 꿈속에서 강물과 이전투구하던.

소나무 대열들에 감사한다
우리들 벙커 위로 그늘을 펼쳐주었지.
이쪽은 지앙—추—핀,
다른 쪽은 신—카이,
나는 짱후옹 다리로 걸음을 내딛었다

동지를 위한 시 한 편을 들고.
쭈옹손의 동과 치트* 잎새 속에서
우리는 밤이면 모기들을 털어냈다, 불을 끄고 우리
의 노래를 속삭였다.

뭐 대단한 시였을 리야, 하지만 어느 정도는 담아냈
겠지
엔호케 강의 감미로움을 어느 정도는.

(1979~1983년, 하투엔)

* 동과 치트 모두 음식을 싸는 데 쓰는 식물.

싸락눈

싸락눈은 흩어지기 가장 편한 곳을 찾는다,
나무는 몸통을 고요히 흔들고,
아이들은 모자를 집어던지고 두 팔 벌려 춤춘다,
어른들은 휘장을 통해 말없이 쳐다보고.

얼음 진주들이 죽은 꽃 위로 떨어진다.
개구리와 두꺼비들이 짜부라진 풀밭 속에 끙끙대고,
곡식 줄기가 바람을 거스르며 싹을 쏜다.
들판은 흩어진 카드 게임 같다, 강물은 꿈 같다.

진흙길을 걷는다 모자도 풀잎우비도 없이
 폭풍우 끝날 때, 찾아보고 발견한다 열매가 아직 푸
른 것을.

(1988년 2월)

앙코르, 바욘 사원[*] 조각상들을 보며

하늘은 잊혀졌다 여기서, 꽃들은 게을러
피지 못하고, 무더기로 쌓인 돌들이 인간 형용들을
떠밀어낸다.

내 앞에 불가항력의 돌들,
온갖 세대를 겪고도 여전히 취한 팔 조각들—
군인들, 코끼리들, 그물침대들,
고대의 쓰라린 눈물을 머금은 얼굴 조각들이
교묘하게 쌓여 높은 산을 이루었다.
그러나 교묘함으로는 육화(肉化) 각각의 고통을 가
릴 수 없지.
바욘의 얼굴 하나가 나를 향한다,
다른 세 얼굴은 다른 곳 다른 이를 향한다.

윗구역에서 바람이 분다,
전쟁 한가운데 숨은 미소, 무엇을 말하나?

높게 오른 그곳에, 요새 하나.

무슨 문? 누가 그것을 열었나? 동요하는 계단들.

산 그 자체,

그것은 여전히 피하지 못하지 하늘 아래 이 외로움을.

사방, 미소짓는 얼굴 넷

가까이서 멀리서, 진흙투성이거나 명료하거나, 살아

있는 바욘의 이야기.

(1986년 10월, 프놈펜)

* 캄보디아 앙코르의 바욘 사원은 자야바르만 7세(1181~1201)가 세
운 요새 도시 앙코르톰의 정중앙에 위치해 있다. 1,200미터에 이르는
얕은 돋을새김으로 11,000개 이상의 상들을 조각했으며, 셋째 단에는
49개의 탑이 172개의 미소짓는 초대형 아발로키체바라 상을 투사, 어
느 방향에서도 보이게 만들었다.

12행

엔구옌두가 「키에우 이야기」*를 쓴 지 200년도 더
지났지만
　　바람은 불운한 자들의 어깨 위에 여전히 차다—
　　젊은이도 노인도 관음보살을 알고 있으나,
　　인생의 부당한 사건들은 그치질 않는다.

　　레프 톨스토이는 『전쟁과 평화』를 쓰면서
　　그것이 지상의 마지막 전쟁이기를 희망했다—
　　계절은 그의 무덤에 계절의 본색으로 내린다.
　　누가 알았던가 그토록 많은 피가 더 흐르리라는 것을?

　　강물이 용감하게 빙산을 밀어붙이지만
　　결국 추위의 덫에 빠지는 것을 나는 보았다.
　　현명한 포도넝쿨은 달콤한 포도알을
　　그대 손에 떨구고 비로소 겨울을 맞는다.

* 베트남 시문학의 고전적 걸작으로 평가받는 엔구엔두(1765~1820)의 서사시.

세밑

세밑에는 건초가 잠이 들고 꿈을 꾸지.
나는 걷는다 다른 숱한 사람들이 그러듯.
겨울날 오후 누군가는 색깔 선명한 새 셔츠를 입고
  먼 데 있는 누군가를 보고 싶어한다 ─ 강물의 흐름
은 더듬거리고.

난 종종 세월가는 속도에 깜짝깜짝 놀라.
연못 바닥에서 발버둥치는 물고기조차 기겁을 하지.
땅에게 돌려줄 충분한 과실을 맺을 수 없어,
나무는 하늘에서 햇빛을 조금 더 빌리고.

(1992년)

판티에트*에서

그는 가진 게 아무것도 없다, 풀잎 하나도
언덕은 넓지만, 자그만 땅 한 조각도,
하지만 내 형은 판티에트의 대지와 하늘의 것.

여기서 그는 최초로 바다를 보았다,
벙커 틈 구멍을 통해
입산의 날들 이후—
광대한 태양, 그토록 좁은 벙커
조금만 움직여도 모래 소나기가 그의 어깨에 하얗게
깔렸다.

그곳에 코를 찌르는 화약과 땀냄새,
통제를 벗어나 쿵쾅대는 심장 박동,
강렬한 습기찬 바람,
바다는 출항하려는 선박처럼 불안하게 흔들리고.

깊은 밤 빛나는 별들이
바다 쪽으로 흔적을 자르고,
군인들은 그해 겨울 그 별빛으로 언덕을 더듬고,
그들 사이 내 형도,
대양은 앞으로 철썩여나가고, 모두를 포옹하고,
그리고 바다를 사랑했기에 그들은 마음을 놓았나 —
그는 죽었다 빗발치는 포탄 속에서
바다 바로 곁에서.

여기 있구나 형, 나는
다른 곳을 찾아다녔는데, 혹시나 하여 산등성이
탄칸,
사타이,
다크페트,
다크토 산등성이를 찾아다녔건만.

형이 앓았던 열병을 나도 앓았다,
형이 흠뻑 젖었던 정글비에 나도 똑같이 젖었다,
그러나 상상하지 못했다 판티에트의 어느 날 오후
내가 차 뒤에 홀로 서 울음 울리라는 것을.

정글은 여전하다, 격전지도 그대로 있고,
몇 발짝만 걸으면 1번 국도다.
몇 발짝만 걸으면,
그렇지만
아무도 바꿀 수 없다 지금의 상태를 일어난 일들을.
바다는 형이 쓰러지던 그때처럼 깊고 푸르다.

나는 그 언덕의 이름을 모른다,
그러나 알고 있다 형이 여전히 그곳에 서 있다는 것을
경계 태세가 풀린 지 오래인 것도 모르고,
집에서 온 소식도, 동생의 얼굴도 의식하지 못하고.

묘지에 눕지 않고,
형은 언덕과 산다, 풀밭으로 푸르러지며,
풀잎은 우리 가족의 선향(線香)이 되고,
그리고 이 언덕 또한 우리 어머니의 아이다.

나는 다른 가족들의 온갖 걱정들을 감당해야 했나니.

판티에트의 밤은 깊어가는데 자동차 경적 소리 요란
하다.
도시의 빛들이 고깃꾼의 길을 비춘다.
형은 잠들지 않는다, 그리고 고깃꾼은 잠들지 않는다—
둘 다 바다와 밤마다 대화를 나눈다.

그렇게, 판티에트는 내 형을 가진다.

(1981년)

26

* 베트남 중남부 투안하이의 주도(州都). 호치민 시 동쪽 198킬로미터 남중국 해변에 있고, 생선 소스와 수산업으로 유명하다. 해변의 남북교통을 감당하는 1번 국도가 판티에트를 관통한다.

마을로 걸어들어간다

마을로 걸어들어간다
갓 말린 풀냄새 난다
조가비 구름 덤불숲 아래
계절은 모습을 바꾸고.

난 가끔 나무들처럼 시들지,
바다처럼 슬프고—
세 개, 아니 일곱 개의 흐린 거울들
온갖 방향으로 회전하는.

나는 험한 길을 걷는다,
아무도 나를 눈여겨보지 않는다, 그러나
사람들이 갑자기 모여들고
나는 진창에 빠진다.

도우러 오기는커녕

그들은 내 꿈을 쳐다보며 지루함을 달랜다.

어머니 생각난다
떠나기 전 조용히 타이르시던.
곧 편지를 썼으나
추락에 대해서는 아무 말도 하지 않았다.

어머니는 늙으셨다.
아무도 그분을 모른다.
마을로 걸어들어간다,
내 상처들이 나를 이끌고.

(1989년)

아침에 일어나

아침에 일어나
복수의 장례식으로 가는 도중 사랑을 잡았다
구름이 이따금씩 쫓기는 길을 따라서.

아침에 일어나
시절은 지나갔다, 지나갔다,
황량한 나뭇가지 틀이
모자와 의상들 위를 급히 지나
손 하나를 찾는다 —

피곤하여, 앉아서 휴식을 취하노니, 시원한
그늘은 가시덤불.

(1989년)

그 사람

나는 모든 사람들 중 일원으로
과실의 핵심이 되기를 바라며
웃고, 크게 말한다,
잘 속고 순진한
    갑자기
     한 사람
      말없이
       돌아선다
그가 뒤에 남긴
     등이
     냉랭하다
     그리고 단호하다.
갑자기, 내 삶 속 공허와 마주 선.

(1982년)

뗏목

뗏목이 가라앉는다
일전에 요동쳤던 곳으로.

끝없이 밀리는 파도가 땅거미조차 침식하는데,
어부 노인 하나 자세를 바로잡으려 기를 쓴다.

저기 거센 파도 속에 물고기 떼들이 목숨을 열망한다,
인간의 희망을 벗어나려 발버둥친다.

뗏목이 다시 가라앉는다
일전에 기다렸던 곳으로.

어부 노인은 자신의 힘을 시험한다
강과 교활한 물고기들에 맞서.

매일이 첫날이고, 매시가 첫 시간이다.

인내는 투망 기회를 더 많이 주지.

뗏목, 다시 가라앉고……

(1982년)

나무꾼들

나무들은 말없이 자신을 보호한다
습관상 내놓는 가지의 새싹들로—
하늘이 갑자기 다가오고, 구름이 모이며,
가녀린 나무들은 별들의 사랑으로 깨어나지.

같은 시간, 한 사내가 일어나
매일 아침 그랬듯 칼을 찾는다—
그가 벤다
그러면 새 노랫소리 흩어지지.

시원한 그늘들이 어떻게 이런 복수를 겪고,
그리고 그토록 비참하게 밀려나는지 상상도 못하겠다.
나는 발가벗기운 나무가 된다.
나머지들이 서로 쳐다본다, 하늘 아래 고아되어..

저기 그가 온다, 그 나무꾼이 다시.

나는 말없이 두려워한다 내 옆 사람들을 위해.

(1988년 1월 20일 밤)

묻는다

땅에게 묻는다:땅은 땅과 어떻게 사는가?
— 우리는 서로 존경하지.

물에게 묻는다:물은 물과 어떻게 사는가?
— 우리는 서로 채워주지.

풀에게 묻는다:풀은 풀과 어떻게 사는가?
— 우리는 서로 짜여들며
지평선을 만들지.

사람에게 묻는다:사람은 사람과 어떻게 사는가?

사람에게 묻는다:사람은 사람과 어떻게 사는가?

사람에게 묻는다:사람은 사람과 어떻게 사는가?

(1992년)

8행시

홀로 견딜 수 없으니
파도와 함께 그대를 애도한다 —
상사병을 한 모금씩 마시니,
오후 들어 바다가 포효한다.

분명 우리는 헤어졌구나,
물 속에 비친 내 모습을 차마 볼 수 없구나 —
잎사귀들이 덮어주는 봄은 완전히 돌아오지 않았다,
그리고 빗물이 내 영혼 적신다.

(1994년 봄)

너

네가 죽기를 바라는 사람들이 몇 있다,
   하지만 네 가슴은 날이 갈수록 더욱 소중한 옥(玉)
같구나.

   네가 병약해지기를 바라는 사람들이 몇 있다,
   그러나 네 머리카락은 검다
   그리고 하늘이 내려와 지켜준다
   네가 진창을 발로 관통하며
   홀로
   윗옷을 털어내고,
   바람을 구름에게 돌려보내는 것을.

   네가 고아 되기를 바라는 사람들이 몇 있다,
   그러나 너는 낮게 나는 잠자리들 사이 노래한다.

   "검은 구름들 가서 하늘 문을 봉해버렸네ㅡ

어린 잎사귀들은 비 온 뒤 누군가의 얼굴을 기대하
고."*

(1988년 4월)

* 마지막 2행은 휴턴이 지은 노래 가사의 일부다.

바닷가에서 쓴 시

그대가 멀리 있을 때면
달도 혼자고,
해도 혼자,
바다는, 광대무변을 으스대며,
금방 외로워지죠
　　　　　　돛단배가 잠시만 없어도.

바람은 채찍은 아니죠, 하지만 그래도 산허리를 허
물어뜨리는걸요.
그대는 저녁은 아니죠, 하지만 저를 붉고 푸르게 물
들이는걸요.

파도는 암만 철썩여봐야 소용없죠
　　　　　　그대를 다시 데려오는 게 아니라면.
그렇단들,
파도는 저를 휘청거리게 해요

당신 때문이죠.

산풀

당신은 떠났다, 오후를 텅 비게 하며,
상사병의 그림자가 풀밭에 얼룩졌다—
잎사귀들은 오후의 조각들을 모아
그리움 위로 쌓아올린다.

찢으려 애를 썼다 내 가슴속
슬픔을, 그러나 슬픔은 깨지지 않을 것이다—
당신을 외쳐 부른다 비 그칠 때까지.
초원의 풀도, 외롭고.

(1988년 겨울)

청명

강 하류로 노를 저었다고 생각했으나
상류로 올라가고 있었다.
산 그림자는 처음에
네 눈동자처럼 끝이 없었다.

바람이 바람을 의지하고, 고요 속에
넓게 열린 하늘이
우리의 의식 회복을 허락했다
속삭이는 풀밭 속에서.

나는 그날 오후를 통째 나르고 싶었다,
우리가 만난 날에 입을 맞추고 싶었다,
우리 사랑은 가득 찼다 달은 그렇지 않았지만,
너는 대낮의 새로움으로 싱싱했고.

청명한 과일 송이들이

굴렀다 버려진 산 아래로—
하늘은 무슨 말을 할 참이다가,
우리를 보았다
그리고 계속 입을 다물었다.

(1992년)

맹렬한 추위

도대체 어쩌자는 밤인지,
추위가 밧줄로 변해 나를 묶다니.
너는 꽃 옆에서 나를 향하고.
내일, 사랑은 하늘을 가로질러야 할 판.

(1987년, 모스크바)

그대 아직 기억하는가

누가 로맨스의 돛단배를
부서진 부두로 밀어넣어
나 홀로
파편들을 줍게 했는가를.

하늘만큼 커다란 지붕도
필요한 만큼 따스하게 해줄 수 없었다,
그리고 천번의 빗물도
기억을 씻어내지 못할 거였다.

잎사귀를 찾는 나무처럼,
비늘 찾는 물고기처럼,
나는 부른다 목이 쉬도록,
오후에 부는 바람을.

달을 열고 보아라,

달은 여전히 그림자들을 비춘다.
풀을 펼치고 보아라,
풀은 아직 따스하다.

꽃은 전과 같다,
슬픔에 잠겨 있지―
우리들의 사랑이 얼마나 숱한 차원으로 전개되었는지,
그대 아직 기억하는가.

(1989년 9월)

당분간은 안녕, 삼손[*]

우리 당분간은 안녕을 고해야겠다,
해변가 그늘 나무 아래, 빗물에 흠뻑 젖은 눈으로.
안녕, 우리 안녕을 고해야겠다,
삼손은 하나뿐, 하지만 기구한 운명들이 그리 많았다.

에둘러, 나는 바다를 사랑한다 말하지,
바다를 사랑한다, 너를 사랑한다고 말하기 위해.
완벽한 커플들한테 찬탄하는 건
내 슬픔을 숨기기 위해서.

아마 나는 삼손으로 돌아올 거다
그러나 그런 구름들은 먼 이야기겠지—
아마 나는 이 바다를 다시 보게 될 거다,
하지만 내 안의 너는 소금으로 변해 있겠지.

(1991년 8월, 탄호아)

* 하노이 남동쪽 170킬로미터, 북위 17도선 근처 탄호아에 위치한 유명한 해변 휴양지.

모호

나는 소리쳐 찾는다 계절 없는 들판의 이름들,
잎사귀 없는 나무, 거슬리는 사원 종소리의 이름들을.

나는 소리쳐 찾는다 다섯, 일곱 개 도로의 이름들,
타오르는 구름, 진지하게 내려앉는 안개의 이름들을.

소리친다 저 멀리 사라지는 길들에게,
소리친다 가까이 우리가 함께했던 순간에.

너는 바깥 정원에서 바람의 옷을 벗겼다.
나는 이 한 시간, 이 모호를 모았다.

(1993년)

내 사랑 찬드라[*]

사랑에 빠지는 성향이므로
나는 지금 고통스럽다 —
네게로 가는 길에 장애물이 있음을 알건만,
왜 나는 내게 감정을 허락했던가?

연꽃을 바라, 나는 연못을 수소문했다
그러나 찾은 것은 오로지 물거품뿐,
국화꽃만 대신 갖고 돌아왔다,
내가 한 백년 동안 손에 들고 있던 그런 것.

너는 언제나 네가 증오하는 사람들 곁에 있다,
그리고 네가 사랑하는 이들과 멀리 떨어져 있다 —
구름이 대지 표면을 사랑하지만
어쩔 수 없이 멀리 떠다니듯이.

오래된 길은 여전히 사람들로 가득 찼다

어디로 가는지는 잘 모르겠다―
나무는 약간의 그늘을 스스로 마련한다,
하지만 태양은 자신의 강렬함을 축소하지 않는다.

그 오래된 사원에는, 아직 중이 하나 있다,
분향이, 심오한 슬픔이 있다―
부처는, 모든 것을 알면서,
너에 대해 묻는다, 그러나 나는 계속 말이 없다.

잎사귀 떨어지는 계절의 보리수들이
허공에 희미하게 떠가고.

(1985년, 프놈펜)

* 이 시에서 찬드라는 여자 이름이지만, 원래 산스크리트로 '달' 혹은
'야광의' 라는 뜻.

고백

사랑하는 사람들을 물리치려 방어선을 구축하지는
않는다 —
나무들은 도끼 표시를 보면 기겁을 하여 달아난다.
오늘 오후, 누가 꽃 선물을 짓밟았는가
짓밟아 네 발자국 지나간 곳 빗물에 뭉개지게 했는가?

시를 사랑하는 자 산문 놀이 속에 죽고,
뱃멀미하는 자 파도에 빠져 죽고,
필사적인 자 희망의 채찍질에 쓰러진다 —
너를 사랑하므로 너로 하여 나는 산산이 부서졌다.

(1987년)

숲속을 걷는다

침묵으로 걷는다 숲속을
잠자리 한 마리 태어난 날에.
잎사귀들 떨어진다, 잎사귀들은 슬프게 떨어진다―
대지는 은인들을 환영한다
축전으로, 그런 다음 그것들을 모두 잡아먹지.

조각 바람 조각 바람이
연이어 나를 지나 흐르며
다시 찾아간다 등에 왜가리를 입은 거북이들을,
다시 찾아간다 단 한 송이 연꽃이 남은 연못을,
다시 찾아간다 신음하는 쟁기와 삽들을.

말없이 걷는다 숲속을
시장이 문을 닫은 후.
달콤한 말들은 어디서나 살 수 있다,
배고픈 새들은 옛날의 계절로 다시 날아간다.

말없이 걷는다 숲속을,

이 이상한 선물이 불안하다—

다른 사람 어느 누구도 귀찮게 그 모든 고독을 행길

가에서 그러모으지는 않지,

그리고 오솔길은 서서 사람들을 기다린다……

(1990년)

하루

그 유리잔 아직 탁자 위에 있다,
기억들을 팔아치우지 않았던 또 하루,
그리고 너는 암시장에서
가짜 물품을 팔아 생계를 꾸리지 않았던 또 하루.

또 하루 나는 내 아이들을 처다볼 수 있다 평온한 마
음으로―
그들은 아직 맑고, 아직 고분고분하다.
옛 친구들이 아직 찾아온다
그러겠다는 계약이 없어도.

젓가락을 든다 그리고 네 머리카락을 껴안는다―
손이 깨끗한 또 하루.
아직 술을 마셔도 수치스럽다,
그리고 남은 술을 다른 이에게 건네지 않는다.

일부는 파랑색, 일부는 빨강색,
바람에 올라타고, 밧줄을 오르고,
사다리 꼭대기에서 하늘에 청원했다,
풍전등화.

가시밭길을 걷는 또다른 시간,
하루 더 있으면 나 의젓할 수 있다.

(1987년 9월 10일)

들판 쪽을 바라보니

옛날의 논밭 쪽을 바라보니,

비는 잡초를 희게 하고, 메뚜기들이 연꽃 날개를 펼친다,

어머니가 원추형 모자를 쓰고 산보하신다,

파릇한 벼 줄기들이 여름을 시작하고, 초승달이 가을을 끝낸다.

논밭 주위는, 똑같은 경계들―

그땐 계획도 많았지, 아직도 해결되지 않았다.

어머니는 키 큰 잡초들을 떼어놓으며 발길을 내신다,

무성한 잡초 속에 벼 줄기들이 일어서려 안간힘을 쓴다.

손가락을 펴서 달과 해를 세는 일.

그리고 사람을 세려면? 먼 인간세상에 대해 누가 아나?

몇몇은 벌써 향긋한 벼를 수확했다.
논에는, 어머니의 그림자 태양 아래 외롭다.

사인*과 술을 마시다

아라투 산 지역 경관은 슬픔이 정중하다.
포도 재배가 다시 시작되었다, 새로운 것은 없지.
네게 건배! 무엇에 축배?
 네 조국에는 눈이 많이 온댔지, 그러니 나는 눈처럼
있게 해다오.

신혼의 방으로 꽃을 나르며,
커플들은 서툰 사랑을 나눈다—
서툰 춤을 추고 노래를 부르고,
그런 다음 서툰 이별을 하지.

너와 나는 경험이 없다.
쓰면 쓸수록, 우리는 약해지는 듯해.
인간관계의 행로는 먼지 뒤덮였다.
내가 왜 말이 별로 없는지 알겠지.

내가 왜 종종 우리 어머니를 언급하는지 알겠지,
평생 동안 끊임없이 나를 사로잡았던 —
어머니께 최악의 고통은
누가 내게 오물을 던질 때일 거야.

진수성찬과 꽃 한가운데서
삶의 아픔과 상처를 얘기하는 것은 잘못이겠지,
하지만 어쩌겠나, 포도주와 꽃은 드물다
이별, 거짓, 고통에 비하면.

생존투쟁이 우리 어머니를 흐리고,
무관심이 그분을 숨긴다.
축배 때는 종종 그분이 없다,
그분의 백발이 오후의 은빛 바람에 실려 날아갈 뿐.

사람들은 점점 더 시를 읽지 않지요,

하지만 제가 이 무기를 택한 것은 어머니 당신을 위해섭니다.

빗속을 걷습니다, 돌 위에 스스로를 버리며,

그리고 제가 기쁨과 접할 때, 당신을 더욱더 사랑합니다.

내 친구 사인, 너는 외관이 없다.

삶의 나날 내내 시를 위해 순정한 상태지.

축배를 들게 해다오.

사과꽃 핀다.

(1987년)

* 사인은 카자흐스탄 출신의 휴틴 친구다.

처마 밑 시

하늘은 수닭 꼬꼬댁 소리 없이도 밝아온다,
그리고 시드는 나무 없이도 삶은 여전히 우수다.

나는 처마 밑에 깃들여
완고하게 믿는다 불운한 자는 더이상 존재하지 않는
다고.

잰 걸음으로, 아직 한숨이 있다.
느린 걸음으로, 아직 잔치중인 군중이.

누구를 위하여 잎사귀들은 울고 있는가,
그 기인 길을 흠뻑 적시며?

끝없는 겨울 내내 끝없는 비,
아직 강 저편에서 모두 갈망하는.

(1992년)

침묵

깨진 유리조각들이 박힌 벽을 넘어,
다리에서 연못 속으로 떨어지는 일은 쉽다.
찾아나선다, 그러나 네 머리카락은
구름 뒤로 사라졌다.

기억한다 무르익은 구장 열매가 손바닥 잎새 안으로
떨어지는 날,
깊은 잠으로 흐릿해진 꽃들이 잎새 속으로 떨어지는
날을.

운명이 나를 이끈다, 오후의 뺨 붉은 나를.
거든다 녹초가 될 때까지, 그러나 유리조각들은 아
직 날카롭다.

(1993년)

행복

부목을 모으러 강에 나가셨던 우리 아버지
떠 흘러가는 가락 흥얼대며 집에 오신다.
별이 열리는 나무는 이제 맛이 슬프다.
구름 발꿈치에 천둥이 칠 징후, 하지만 비는 사라졌다.

어린아이 한 다발.
자그만 집.
저기 거리에 지나가는 군중들.
이웃집은 굳게 닫혔고.

어머니 가락은 한 천개지만, 그분이 부르지 않은 가
락 하나 있다.
아버지 경험은 한 백가지지만, 그분이 겪지 않은 일
하나 있다.
행복.

건초는 아직 황금빛 구름 되고 싶다.

(1989년 가을)

사람들을 찾아서

종이 울린다 오후에.
종은 울린다 오후에.
하늘 가장자리 상처받은 새 한 마리 있다.
미치도록 사람들을 찾는다.
인생은 길다, 이 발자국들은 작다.

(1989년)

친구들이 사는 읍

나는 6년 동안 살았다
지아캄 언덕허리에.
공영주택 방 반 칸,
아이는 아직 없고, 임시 체류였다.

달마다, 시련기였다
단 산에서부터 자전거를 타고,
작업일이 끝나기를 기다렸다
그래야 주인이 내 여행을 허락하겠으므로.

토요일 오후면, 언덕들이
평일보다 덜 가팔라 보였다.
내 아내가 방문객용으로 별도의 공간을 선포했다,
그러나 내가 그곳에 이르면 밥은 종종 식어 있었다.

6년 동안 나는 오갔다,

슬픔과 기쁨의 각 음이—
비에트탄, 비에트투,
비에트트리 —내 세 아이를 명명하곤 했다.

방 반 칸, 그런 다음 온 칸.
하루 걸러 방은 빨랫줄이 더 번다했고,
아버지 쪽 집안도 어머니 쪽 집안도 모두 멀리 있었다.
친구들은 발버둥치는 틴을 사랑했다.

아내는 삼 년 동안 두 아이를 낳았다.
그리고 나는 종종 임무수행중이었다.
내 아이들이 아팠을 때,
약을 구한 것은 친구들이었다.

기분이 나면 우리는 서로를 끌어모으고
마루에 앉아 시를 읽곤 했다.

쌀이나 설탕을 사러 늘어선 행렬에서
친구들은 나를 앞자리에 세워주었다.

강이 합류하는 길목에 있던 읍,
나는 물살이 양 방향으로 굴러가는 소리를 들었다.
시 한 행이나마 끄적거릴 시간이 없었다.
집에서 소식이 왔다. "아이가 걸어요."

(1981년, 비에트트리)

겨울 편지

네게 쓴 편지는 잉크가 얼룩졌었다,

하지만 대나무 벽은 얇다, 그리고 안개가 계속 새지.

이 추운 산 위에선, 밤에 잠을 잘 수가 없다.

아침이면, 갈대 줄기쯤이야 사라질 수 있다.

내 얇은 담요 위 하얀 눈.

난로는 점심 준비로 시뻘겋게 달아오르지만, 산은

여전히 안개가 짙다.

펜 속에 잉크가 얼어붙는다 ㅡ

나는 펜을 이글거리는 석탄 위로 쳐들고 펜은 녹아

편지 한 장이 된다.

바람을 가로막으며, 자줏빛 뿌리의 나무가 몸을 떤다.

곡식 종자들이 땅 밑에서 오그라든다.

동지들이 임무수행중인 날들이면

그들이 보고 싶다, 그러나…… 여벌 담요가 있다.

추운 수탉이 쉰 소리로 게으르게 때를 알린다.

우리는 잔을, 사발들을 두들겨, 낯설음을 가라앉힌다.

산은 가슴에 수백 가지 광석을 숨긴다.

노력한다, 하지만 한끼 식사에 충분한 야채를 찾을
수 없다.

밥은 종종 일찍 온다, 편지는 늦지.

라디오는 밤새 켜져 있다 벙커가 덜 황량해 보이게끔.

그토록 오랜 세월 여자 없이 지냈으므로,

말발굽 소리를 네 발걸음으로 착각한다.

모여드는 구름들이 종종 나를 꿈속으로 초대한다.

그렇게 알고, 네가 늦게까지 불을 작열케 하는 꿈.

내가 무환자나무 열매 비누 향을 좀 맡고

그렇게 바위들이 부드러워지고, 산들이 따스해지기

를 바라는.

(1982년 3월, 메오박)

뜸부기 운다

구름은 떠서 흘러가버린다,
우리는 남았다,
뜸부기 운다 강둑가에서.

뜸부기들은 덫이 위험하기 때문에 운다.
잡초들이 물에 떠간다.
나는 고요히 부른다
탁자, 의자, 낡은 옷의 이름들을,
그리고 갑자기 내 청춘이 돌아온다,
혼란스런 표정으로 나를 쳐다본다,
어린애 타래 머리풍 장식이 달린 연들
기쁨의 원천보다 더 환호하는.
시장에서 부푸는 쌀과자가
슬픔을 일부 가린다.
앉아서 탐쿡* 카드 이름들을 소리쳐 불러본다 —
전차, 대포, 말들, 멀리 떨어진 도로에 그것들은 있다.

뜸부기 울음소리만 남는다.

뜸부기들은 명명되기 전부터 울어왔다.

아버지는 흙을 섞어 길을 포장하셨다.

점토로

그분은 부엌 신(神), 사발을 하나 빚으셨다.

포도주 술꾼들이 하나 하나 떠났다.

아버지는 사발을 쳐들었다

마치 말라붙어 점토가 된

당신 생애의 일부를 쳐드는 것처럼

뜸부기들 먼 데 벌판에서 운다.

뜸부기들은 댓잎이 너무 새파래서 돗자리를 짤 수

없었던 그날부터 울어왔다.

사람들은 젖은 땅에 정착했다,

볕에 탄 뿌리처럼 시작,

서로를 먹일 모든 것을 창조했다,

자기 자식들이 언젠가는 당당하게 위를 보겠지 희망
하면서.

밤이면 등잔불에 기댔다,

땅콩기름 연료의 폭풍 대비용 불,

바람이 종종 꺼뜨렸던.

뜸부기들 먼 데 벌판에서 운다.

뜸부기들은 당신이 당신의 부모님께 절하는 법을 배
운 그날부터 울어왔다.

붉은 비단 실**을 따라,

당신은 내게 시집왔다.

숱한 좌초와 다시 묶은 매듭이 있는 사랑.

우리는 정글에게 부탁했다 작은 침대를,

자그만 찻주전자 하나 빚을 점토를.

단 한 번 사는 삶, 그러나 그토록 아등바등했다.

당신은 침대를 꽉 잡았다. 나를 기다리며 돗자리를 움켜쥐었다.

잘생긴 남자의 얼굴을 피했다

그리고 기다렸다

내가 돌아올 것만을 희망하면서.

찢어진 윗옷은 아직 냄새가 좋았다.

젓가락 몇 쌍뿐인 작은 찬장.

전쟁이 끝나면 행복뿐일 거라고 나는 생각했다,

우리는 꾸준히 서로를 기다렸다.

하지만 그건 사실이 아니다, 내 사랑, 뜸부기들은 다르게 운다.

*

무언가가 뜸부기 울음소리를 마치 비명처럼 만든다.
나는 동생 둘을 잃었다,
둘 다 매우 어렸다.
오늘 아침 이웃 두 명이 들렀다.
장례식이 한 차례 끝날 때마다
모든 이의 영혼은 움츠러든다,
모든 이의 가슴은 비통하다.
더는 나쁜 사람이 없을 거라고 나는 생각했다.
서로서로 무진장 친절하게 대할 거라고 나는 생각
했다.
하지만 그건 사실이 아니다, 하늘이여, 뜸부기들은
다르게 운다.

우물은 그토록 많은 사람들이 발을 헛디뎠다고 비통
하다.
정원은 비통하다 ― 하늘을 올려다보는 달팽이들이

있으므로,

꽃 시즌이 끝나면 나비들은 가버린다.
나는 앉는다, 찢긴 연꽃 잎새처럼 슬프게.

정오에 들리는 뜸부기 울음소리 웬 고문받는 소리.

앉아서, 슬프게 세어본다 내 손가락을
앞뒤로, 모두 열 개,
앞뒤로 저녁 때까지.

죽음은 우리를 일방으로 몰아간다.
허명은 우리를 일방으로 몰아간다.
숱한 대양을 건너야 미소를 볼 수 있다.

하지만 미소를 보자마자
우리는 뜸부기들 소리 다시 듣는다.

(1989년 7월)

* 어린이용 카드 게임
** 연인 혹은 부부를 함께 묶는다는 전통적인 운명의 끈.

이 엄청난, 승리한 자의 반성

네게 쓴 편지는 잉크가 얼룩졌었다.
하지만 대나무 벽은 얇다. 그리고 안개가 계속 새지.
이 추운 산 위에선, 밤에 잠을 잘 수가 없다.
아침이면, 갈대 줄기쯤이야 사라질 수 있다.
　　　　　　　　　　　　　　　—「겨울 편지」 중에서

2000년 벽두, 베트남 소설가 바오닌의 한국 방문을
계기로 이루어진 민족문학작가회의 공식방문단 일원
으로 베트남을 찾았던 나는 베트남 문인들의 과분한
환대와 놀라운 포용력, 그리고 우리의 20년 전을 닮
은—독재자 없이 닮은—하노이 거리와 옥빛 안온미
의 극치에 달한 하롱 베이 풍광에 넋을 빼앗기는 와중

에도 영어로 번역된 휴틴 베트남 작가동맹 위원장의 시를 열 편 남짓 읽으며 아픈 감동을 받았다. 휴틴은 탱크 운전병으로 베트남 전쟁에 참전, 대령까지 진급한 바 있는 역전의 용사다.

베트남 쪽의 공식 답방은 2년 후 이뤄졌고, 바오닌이 다시 오지 않은 게 좀 서운했지만, 대부분 베트남 문인들은 어제 멀리 헤어진 친구 혹은 친척 어른들처럼, 낯익은 만큼 반가웠고, 휴틴은 대표자답게 2년 전의 베트남 방문단을 한 사람 한 사람 확인하고 반가워해주었다. 그때 언뜻 생각이 들어, 제일 만만한 후배 문학동네 강태형 사장에게 긴급 연락, 출판 계약을 하고 펴내게 된 것이 이 시집이다.

이 시집에 어려운 시는 없다. 그리고 얼핏, 놀라운 시도 없다. (농촌적) 서정은 분명 우리에게 낯익고, 전쟁의 상처 또한 왜곡된 상태로나마 낯설지 않다. 놀라운 것은 빼어난 서정과 전쟁의 지리하고 끔찍한 일상(혹은 기억)이 서로 왜곡하기는커녕 공존을 넘어 상호 '절대 명징' 화하는 대목이다.

바람을 가로막으며, 자줏빛 뿌리의 나무가 몸을 떤다.

곡식 종자들이 땅 밑에서 오그라든다.
동지들이 임무수행중인 날들이면
그들이 보고 싶다, 그러나…… 여벌 담요가 있다.
　　　　　　　　　　　　　—「겨울 편지」 중에서

　절대 열세의 참혹한 반제국주의 100년 전쟁을 승리로 이끈다는 것의 미학적 경과를 알겠다. 그리고 왜 승리해야 하는가, 그 의미도 알겠다. 참으로 뼈아픈 감동이다. 그러나 더 놀라운 것은 그 승리가, 피에 젖은 손을 반성한다는 점이다.
　"하늘이여, 뜸부기들은 다르게 운다."(「뜸부기 운다」)

This Astounding, Reflection of a Victor

−to Hữu Thỉnh' s poems 『Winter Letter』

The letter I wrote you had smeared ink,

But the bamboo walls are thin, and fog kept
leaking through.

On this cold mountain, I cannot sleep at night.

By morning, a reed stalk can fade.

—「Winter Letter」, first paragraph, trans. by George
Evans & Nguyễn Quí Đú'c, Curbstone Press, 2003

At the outset of new millenium, I visited Vietnam
as a member of South-Korean Writers' Return Visit
to Novelist Bao Ninh' s Visit of South-Korea and
amidst Vietnamese writers' generous greetings and
astounding power of tolerance-capacities and

familar Hanoi streets reminding our before-twenty years days without military dictator and utmost jade-green tranquility-beauty landscapes of Halong Bay at lost, but I happened to read about a dozen poems of Hũ'u Thỉnh, the president of Vietnam Writers Association, and was moved by heart-felt, deep, painful emotion. Hũ'u Thỉnh served as a tank driver in the Vietnam-American War and was promoted to a colonel, a war-veteran.

Official Return Visit on the part of Vietnamese writers occurred two years later, and among them I felt at ease and gladness as if met again far living friends or relation-senior farewelled yesterday, though missed Bao Ninh, and Hũ'u Thỉnh, as the representative, took the pains to identify and greet former Vietnam/South Korea visitor-writers one by one. Then, in a flash, an idea struck me, and I at once got in touch with my supple friend Kang-Tae-Hyung, the chief of Munhakdongne ('literature-village'), one of the most influential publishing

company of South-Korea, and he contracted with
Hũ'u Thỉnh to publish his poems 『Winter Letter』.

There is not a difficult poem in this book, nor
apparently, surprising one. Hũ'u Thỉnh's (rural)
lyricisms are familiar to us sure enough, scars of
war are, too, not unfamiliar though distorted on our
part. Really surprising is that the outstanding
lyricism and weary, terrible remembrances of war,
far from distorting each other, reaches beyond
coexistence to 'absolute lucidity' of both.

　Blocking the wind, a tree with purple roots
trembles.
　Corn seeds shrivel underground.
　On days when my comrades are on assignment,
　I miss them, but⋯ there is an extra blanket.
　　　　　　　　　　　　—above, third paragraph

I see the aesthetic passages of a road to the
absolute numerical inferiorities' triumphal war

against one-hundred years long Imperialism. And also I see the meaning why Vietnamese people must triumph. Bone-aching sight, indeed, for me. But more surprising, astounding is that this victor now reflects on his 'bloody hands'.

"Heaven, the cuô'c birds cry otherwise." (from 「The Cuô'c Birds Cry」)

겨울 편지

초판인쇄 │ 2003년 8월 20일
초판발행 │ 2003년 8월 30일

지 은 이 │ 휴틴
책임편집 │ 챠창룡 최정수 박여영
펴 낸 이 │ 강병선
펴 낸 곳 │ (주)문학동네
출판등록 │ 1993년 10월 22일 제22-188호

주   소 │ 136-034 서울시 성북구 동소문동4가 260번지 동소문빌딩 6층
전자우편 │ editor@munhak.com
전화번호 │ 927-6790~5, 927-6751~2
팩   스 │ 927-6753

ISBN 89-8281-713-1 02890

www.munhak.com